¡LA VERDADERA HISTORIA DE LOS TRES CERDITOS!

POR S. LOBO

SEGÚN SE LA CONTARON A JON SCIESZKA

ILUSTRADA POR LANE SMITH

PUFFIN BOOKS

PUFFIN BOOKS
Published by the Penguin Group
Penguin Putnam Books for Young Readers,
345 Hudson Street, New York, New York 10014, U.S.A.
Penguin Books Ltd, 27 Wrights Lane, London W8 5TZ, England
Penguin Books Australia Ltd, Ringwood, Victoria, Australia
Penguin Books Canada Ltd, 10 Alcorn Avenue, Toronto, Ontario, Canada M4V 3B2
Penguin Books (N.Z.) Ltd, 182-190 Wairau Road, Auckland 10, New Zealand
Penguin Books Ltd, Registered Offices: Harmondsworth, Middlesex, England

First published by Viking Penguin,
a division of Penguin Books USA Inc., 1989
This translation first published in 1991 by Viking Penguin Inc., 1991
Published in Puffin Books, 1996

16 17 18

THE LIBRARY OF CONGRESS HAS CATALOGED THE VIKING PENGUIN ENGLISH EDITION AS FOLLOWS:
Scieszka, Jon. The true story of the three little pigs/
Jon Scieszka; pictures by Lane Smith.
p. cm.
Summary: The wolf gives his own outlandish version of what really happened when he tangled with the three little pigs.
ISBN 0–670–82759–2
[1. Wolves — Fiction. 2. Pigs — Fiction] I. Smith, Lane, ill. II. Title.
PZ7.S41267Tr   1989 [E]—dc20   89–8953

Puffin Books ISBN 0–14–055758–x

Manufactured in China

Para Jeri y Molly

J.S. y L.S.

Seguro que todos conocen el cuento de Los tres cerditos. O al menos creen que lo conocen. Pero les voy a contar un secreto. Nadie conoce la verdadera historia, porque nadie ha escuchado *mi* versión del cuento.

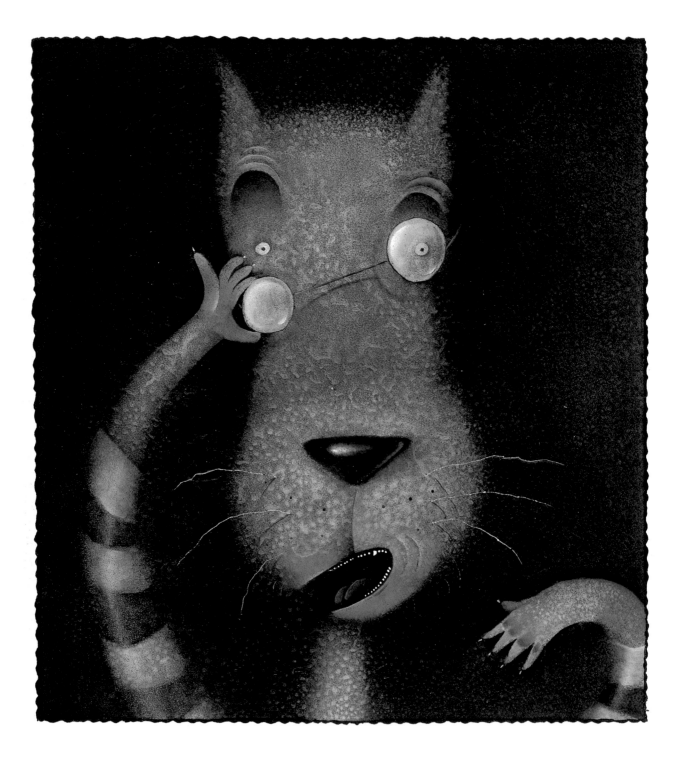

Yo soy el lobo. Silvestre B. Lobo.

Pueden llamarme Sil.

No sé cómo empezó todo este asunto del lobo feroz,

pero es todo un invento.

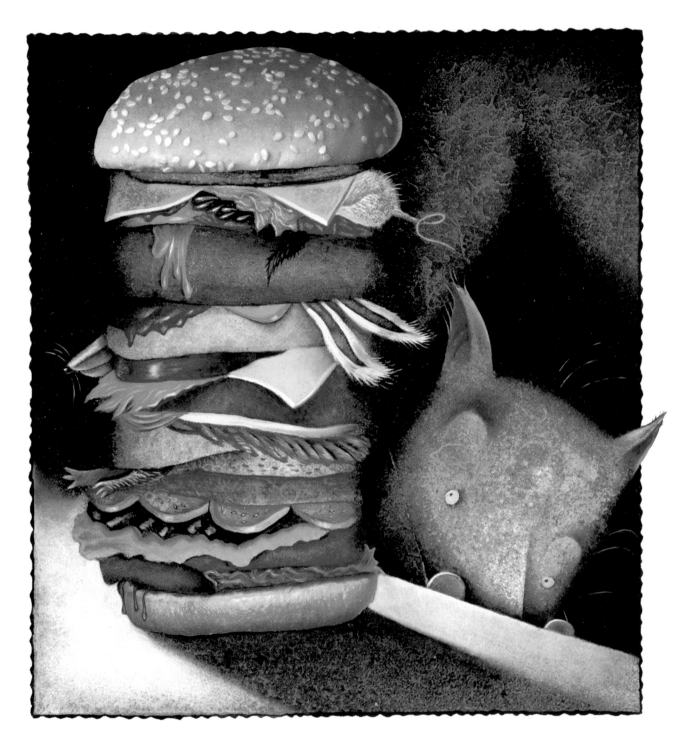

A lo mejor, el problema es lo que comemos.

Y bueno, no es mi culpa que los lobos coman animalitos tiernos, tales como conejitos, ovejas y cerdos. Así es como somos. Si las hamburguesas con queso fueran tiernas, la gente pensaría que ustedes son feroces, también.

Ⓐ. Estornudo + Ⓑ. Azúcar

Pero, como les decía,

todo este asunto del lobo feroz es un invento.

La verdadera historia es la de un

estornudo y una taza de azúcar.

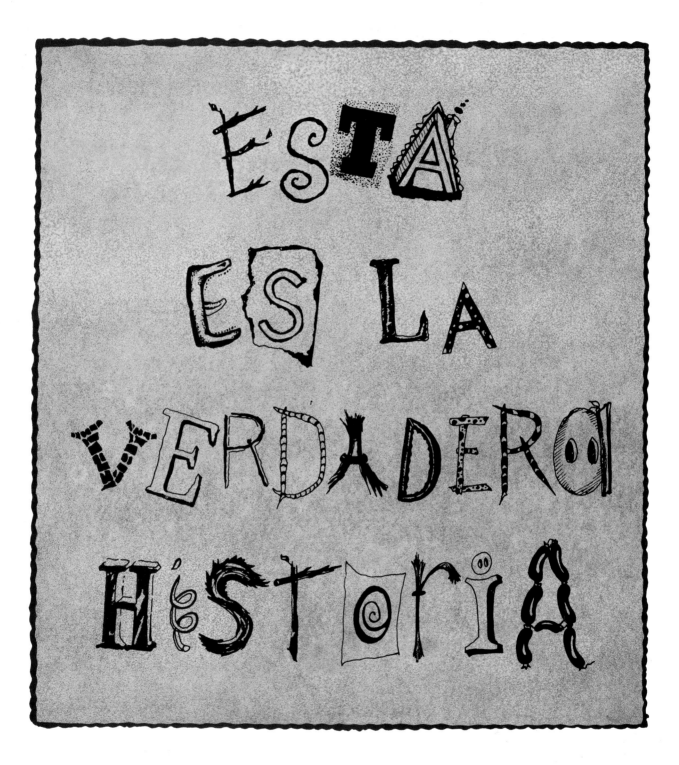

ESTA ES LA VERDADERA HISTORIA

Hace mucho, en el tiempo de "Había una vez", yo estaba preparando una torta de cumpleaños para mi querida abuelita.

Tenía un resfriado terrible.

Me quedé sin azúcar.

Abuelita

De manera que caminé hasta la casa de mi vecino

para pedirle una taza de azúcar.

Pues bien, resulta que este vecino era un cerdito.

Y además, no era demasiado listo, que digamos.

Había construido toda su casa de paja.

¿Se imaginan? ¿Quién con dos dedos de frente

construiría una casa de paja?

Desde luego, tan pronto como toqué a la puerta, se derrumbó. Yo no
quería meterme en la casa de alguien así como así. Por eso llamé:
—Cerdito, cerdito, ¿estás en casa?
Nadie respondió. Estaba a punto de regresar a mi casa sin la taza
de azúcar para la torta de cumpleaños de mi querida abuelita.

Entonces me empezó a picar la nariz.

Sentí que iba a estornudar.

Soplé.

Y resoplé.

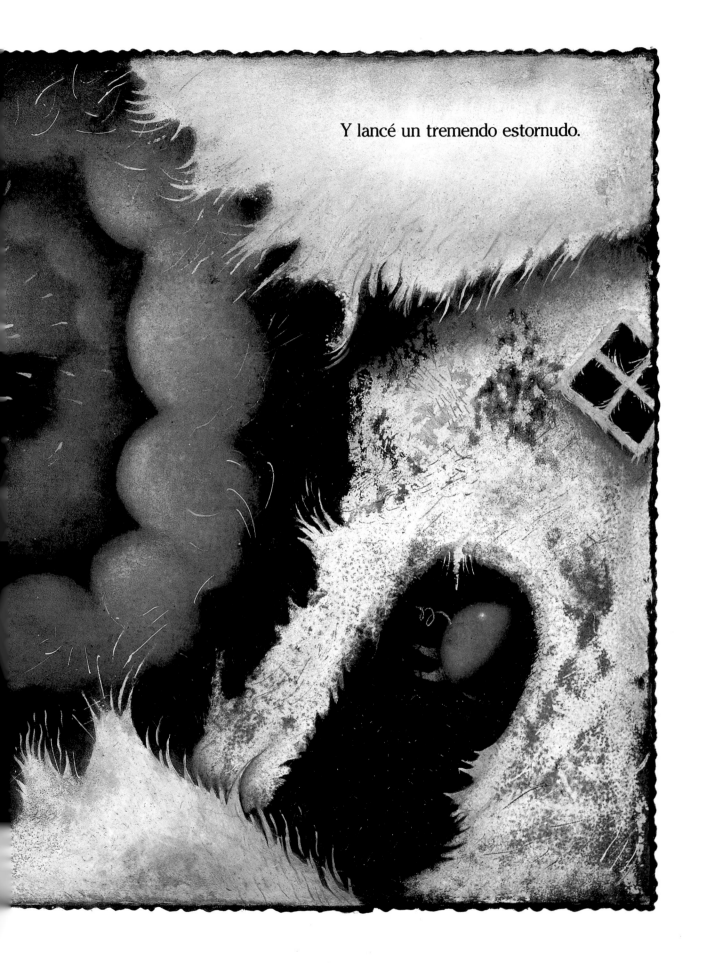

Y lancé un tremendo estornudo.

¿Y saben lo qué pasó? La dichosa casa de paja se vino abajo. Y allí, en medio del montón de paja, estaba el primer cerdito, bien muertecito. Había estado en la casa todo el tiempo.

Me pareció una lástima dejar una buena cena de jamón tirada sobre
la paja. Por eso me lo comí.

Piensen lo que harían ustedes si encontraron una hamburguesa con
queso.

Me sentí un poco mejor. Pero todavía me faltaba mi taza de azúcar.

De manera que me dirigí a la casa del siguiente vecino.

Este vecino era el hermano del primer cerdito.

Era un poco más inteligente, pero no mucho.

Había construido su casa con palos de madera.

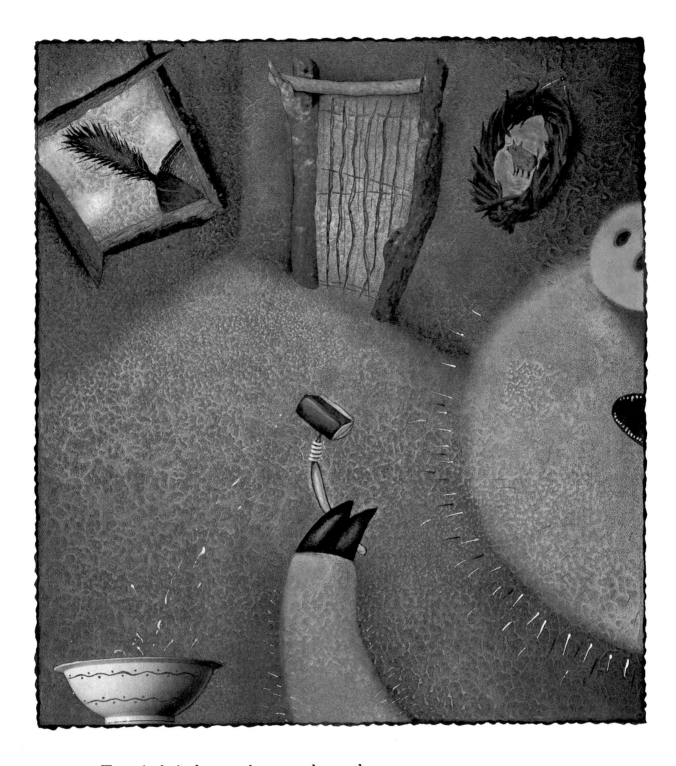

Toqué el timbre en la casa de madera.

Nadie contestó.

Llamé: —Señor Cerdo, señor Cerdo, ¿está usted ahí?

Me contestó a los gritos: —Véte lobo. No puedes entrar. Me estoy afeitando el hocico.

Apenas había puesto mi mano en el picaporte de la puerta cuando
sentí que venía otro estornudo.

Soplé. Y resoplé. Y traté de taparme la boca, pero lancé un tremendo
estornudo.

Y no lo van a creer, pero la casa de este individuo también se vino abajo como la de su hermano.

Cuando el polvo se disipó, allí estaba el segundo cerdito—bien muertecito. Palabra de lobo.

No necesito

recordarles que la comida

se echa a perder si se la deja al aire libre.

Por eso hice lo único que podía hacerse.

Cené otra vez.

¿Acaso ustedes no se hubieran

comido otra hamburguesa con queso?

Me empecé a sentir horriblemente lleno.

Pero estaba mejor del resfriado.

Y todavía no había conseguido

esa taza de azúcar para la

torta de cumpleaños de

mi querida abuelita.

De manera que me dirigí

a la siguiente casa.

Resultó ser el hermano

del primer y del segundo cerdito.

Debe haber sido el genio de la familia.

Había construido su casa de ladrillos.

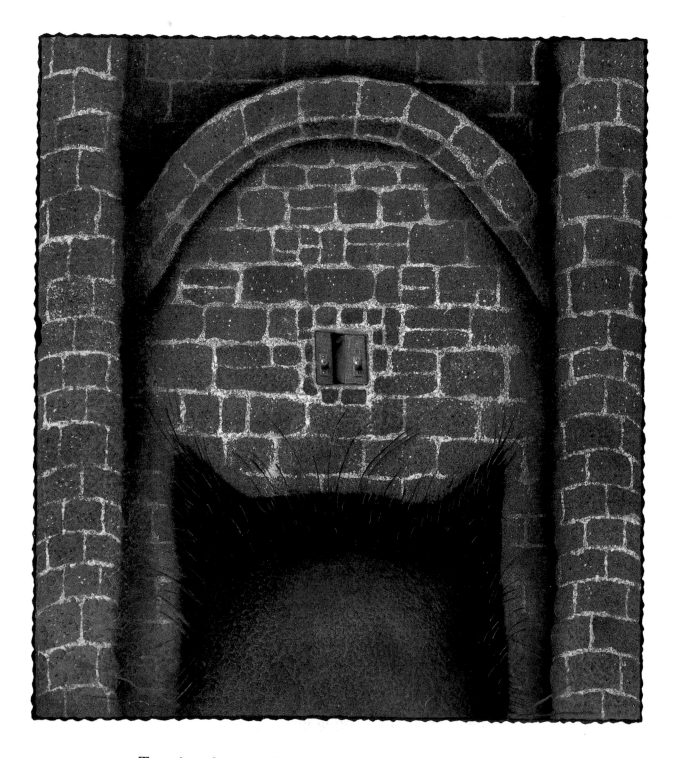

Toqué en la casa de ladrillos. Nadie contestó.

Llamé: —Señor Cerdo, señor Cerdo, ¿está usted ahí?

¿Y saben lo que me contestó este puerquito grosero?

—¡Fuera de aquí, Lobo! ¡No me molestes más!

¡Vaya falta de modales!

Probablemente tenía un saco lleno de azúcar.

Y ni siquiera quería darme una tacita para la torta de cumpleaños de mi querida abuelita.

¡Qué cerdo!

Estaba a punto de regresar a casa y quizás hacer una tarjeta de cumpleaños en vez de una torta, cuando sentí nuevamente mi resfriado.

Soplé.

Y resoplé.

Y estornudé una vez más.

Entonces el tercer cerdito gritó:

—¡Y que tu querida abuelita se siente en un alfiler!

Normalmente soy un tipo muy tranquilo. Pero cuando alguien habla así de mi querida abuelita, pierdo un poquito la cabeza. Por supuesto, cuando llegó la policía, yo estaba tratando de tumbar la puerta del cerdito. Y en todo el tiempo, seguí soplando, resoplando, estornudando, armando un verdadero escándalo.

El resto, como dicen, es historia.

os periodistas se enteraron
de los dos cerditos que había cenado.
Pensaron que la historia de un pobre
enfermo que iba a pedir una taza de
azúcar no era muy interesante.
De manera que se les ocurrió todo eso de
"Soplidos y resoplidos y te tumbo tu casa."
Y me convirtieron en el lobo feroz.

Eso es todo.
La verdadera historia. Me hicieron trampa.

Pero tal vez tú puedas prestarme una taza de azúcar.